# *ACTEURS.*

| | |
|---|---|
| M<sup>r</sup>. ARGANT, *Bourgeois.* | M. LA RUETTE. |
| Me. ARGANT, *sa femme.* | Mlle. DESCHAMPS. |
| CRISPIN, *Valet de M. Argant.* | Mlle. LUZY. |
| M. BLONDINEAU, *Procureur.* | M. CLAIRVAL. |
| UN SOLDAT. | M. PARANT. |
| UN TRAITEUR. | M. DEMIGNEAUX. |

---

## *ERRATA.*

**Page 6.** Air : *Du Gourdin*, effacez noté n°. 2.

**Page 21.** ARIETTE, ajoûtez, notée n°. 2.

*Ibid.* dernier vers, pas, *lis.* gueres.

**Page 31.** ligne 4. n°. *lis.* n°. 3.

*Ibid.* vers 9. cœur, *lis.* Amant.

**Page 43.** ligne 15. *ajoûtez*, sur le Trictrac.

*La Scene est dans une Ville de Province.*

# LE CADI DUPÉ,

## OPERA-COMIQUE EN UN ACTE;

Par l'Auteur du Maître en Droit :

Repréſenté pour la premiere fois ſur le Théâtre de l'Opera-Comique de la Foire S. Germain, le 4 Février 1761.

Le prix eſt de 24 ſols avec les Ariettes & Airs notés.

A PARIS;

Chez DUCHESNE, Libraire, rue S. Jacques, au-deſſous de la Fontaine S. Benoît, au Temple du Goût.

M. D. CC. LXI.

*Avec Approbation & Privilége du Roi.*

# ACTEURS.

LE CADI,                          M. De la Ruette.
FATIME, *sa femme*,              Mlle. Deschamps.
ZELMIRE,                          Mlle. Nesselle.
NOURADIN,                         M. Clerval.
OMAR, *Teinturier*,              M. Odinot.
ALI, *fille d'OMAR*,             M. Bourette.
UN AGA, *ou Lieutenant du Cadi*, M. de S. Aubert.

*La Scene est à Bagdad chez le Cadi.*

# LE CADI DUPÉ,

## *OPERA-COMIQUE*

## EN UN ACTE;

*Le Théâtre repréfente une Salle d'audience.*

---

## SCENE PREMIERE.

### LE CADI, *feul.*

### ARIETTE : Notée n°. 1.

VOus qu'Amour brûle de fes feux,
Trouvez-vous que vos Belles
Soient fieres & cruelles :
Amans, formez de nouveaux nœuds.

En vain pour mieux triompher d'elles
Comptez-vous leur refter fideles :
En vain vos vœux feront conftans :
Elles riront de vos tourmens.

A ij

A des Beautés rebelles
Il faut de volages Amans.

Vous qu'Amour brûle de ses feux,
Trouvez-vous que vos Belles
Soient fieres & cruelles :
Amans, formez de nouveaux nœuds.

Oui, vengez vous ainsi de leurs mépris. Pour moi j'ai poussé plus loin ma vengeance. Sur le bruit de la beauté de Zelmire, je l'avois fait demander en mariage.... La petite mignone m'a trouvé trop vieux pour elle, & m'a refusé tout net.... Refuser un Cadi ! ... un homme comme moi ! ... Elle a même dédaigné de me voir.... Mais je crois qu'elle n'est pas à se repentir de ses refus. (*Il rit.*) Ah ! ah ! ah ! Le bon tour que je lui ai joué... Ah ! ah ! ah !... Je viens de lui faire épouser, sous le nom d'un riche négociant de Damas, un malheureux aventurier sans nom & sans fortune que j'ai fait servir à mes desseins sans le connoître... Ah ! ah ! ah ! ... Mais je voulois faire part de cette bonne aventure à ma femme, à Fatime ( sans lui dire pourtant le véritable motif de ma vengeance...) montons à son appartement... Voici l'heure cependant où je donne audience... N'im-

porte; fi quelqu'un vient, il attendra....
Oh! parbleu, j'enverrois l'état de Juge à
tous les Diables, fi je me piquais comme
tant d'autres d'en remplir exactement les
fonctions.                         ( *Il fort.*)

---

# SCENE II.

## ZELMIRE, NOURADIN.

### DUO.

*Les deux premiers vers en récitatif.*

ZELMIRE, *après avoir bien regardé*
*fi le Cadi eft forti.*

Nouradin... Il n'eft plus ici ! ...
NOURADIN.
Zelmire... Changez de parti.
ZELMIRE.
Venez, tout nous réuffit :
Point de grace,
Oui, puniffons fon audace.
NOURADIN.
Calmez ce jufte dépit :
Ah ! de grace,
Ah ! quittez, quittez la place.
ZELMIRE.
J'en aurois le démenti ! ...
Non, non, j'ai pris mon parti.

A iij

**NOURADIN.**

On peut l'avoir averti.
Prenez un autre parti.

ENSEMBLE.

| ZELMIRE. | NOURADIN. |
|---|---|
| Il faut songer | Pourquoi songer |
| A se venger | A vous venger ? |
| Après un si cruel outrage. | Notre bonheur est son ouvrage. |

**NOURADIN.**

D'un vain succès c'est vous flatter.

**ZELMIRE.**

Je n'ai pas dessein d'éclater.

**NOURADIN**

Craignez la noirceur du Cadi.

**ZELMIRE.**

Non, non, non, j'ai pris mon parti.

ENSEMBLE.

| ZELMIRE. | NOURADIN. |
|---|---|
| Venez, tout nous réussit, &c. | Calmez ce juste dépit, &c; jusqu'au mot fin. |

**ZELMIRE,** *vivement.*

Non, non ; rien, vous dis-je, ne peut me faire changer de résolution ; tout ce que vous venez de m'apprendre, redouble encore ma haine pour lui. Le fourbe ! ... Il est homme à rendre cette aventure publique... Et je ne chercherois pas à me venger ! ... Ah ! je le connois. ... je veux le prévenir.... Je vous ai parlé d'un Teinturier de cette ville qui avoit une fille d'une laideur effrayante ?... Le Cadi ne m'a jamais vue ... je ne vous en dis pas davantage.

### NOURADIN.

Le Cadi eſt le plus méchant, le plus noir de tous les hommes. Je ſçais qu'il n'a pas tenu à lui que vous ne ſoyez la victime de ſon dépit jaloux ; mais, ma chere Zelmire, encore une fois, pourquoi vouloir vous venger ?... Vous ſavez qu'il eſt la dupe de ſa malignité : faut-il vous répéter encore que je ne ſuis point au-deſſous du mari auquel il a cru vous engager : ce que je vous ai dit de ma naiſſance .... de mon nom .... les preuves que vous en avez.....

### ZELMIRE.

Air : *De l'Amour tout ſubit les loix ; ou, Je n'en fais pas un vain myſtere, &c.*

Ah ! votre amour, cher Nouradin,
Eſt tout ce que mon cœur veut croire :
Mais le Cadi fourbe & malin
Iroit partout chanter victoire ;
Je veux le punir à mon tour,
Et payer d'un juſte ſalaire
Le bien qu'il a fait en ce jour,
Et le tour
Qu'il a voulu nous faire.

### NOURADIN.

Plus vous vous obſtinez à ſuivré votre projet, plus je dois croire que vous vous repentez de m'avoir pour Epoux....

### ZELMIRE.

Pouvez-vous le penſer ? ....

### NOURADIN.

Ah ! parlez.... ordonnez de mon ſort.

Air : Noté n°. 2.

Si votre flamme eſt trahie,
Si vous dédaignez mes feux,
De la chaîne qui nous lie
Briſez, briſez les beaux nœuds ;
Toujours plein de ma tendreſſe,
J'irai chercher des climats,
Où mon cœur pourra ſans ceſſe
S'occuper de vos appas.

Air : Noté n°. 3.

Amant fidele & ſenſible,
Aprés m'avoir ſçu charmer,
Je verrai s'il eſt poſſible
De vivre ſans vous aimer ;
Mais ma flamme eſt votre ouvrage,
Mon cœur, percé de vos traits,
Eſt trop plein de votre image,
Pour vous oublier jamais.

### ZELMIRE.

Tout doit vous raſſurer : je ſuis trop heureuſe que la fortune me mette en état de vous prouver mes ſentimens. Oui, je vous l'ai déjà dit, cher Nouradin.

### Air.

Mon deftin eft affez doux.
Le nœud qui m'unit à vous
Fait le bonheur fuprême
D'un cœur qui vous aime ;
Mon fort n'a plus rien d'affreux ;
L'Amour va ferrer nos nœuds,
Il prendra foin lui-même
De combler nos vœux.

### NOURADIN.

Quoi ! ce Dieu vous enflamme !
Ah ! quel moment enchanteur !
Que n'ai-je encore une ame
Pour mieux fentir mon bonheur !
Tout promet à mon ardeur
L'avenir le plus flatteur ;
Que n'ai-je encore une ame
Pour mieux fentir mon bonheur.

### ENSEMBLE.

Eft-il un deftin plus doux ?
Le nœud qui m'unit à vous,
Fait le bonheur fuprême
D'un cœur qui vous aime ;
Notre fort n'a rien d'affreux ;
Ah ! quand on chérit fes nœuds,
L'Amour prend foin lui-même
De combler nos vœux.

### ZELMIRE.

Mais j'oublie, en vous parlant, qu'il faut craindre que le Cadi ne nous voye en-femble... Éloignez-vous un moment... perfonne ne vous connoît dans cette maison qu'un feul Efclave, tâchez de le mettre dans vos intérêts : engagez-le à dire à Fatime que fon mari la trompe ?... Elle l'aime.... Elle eft jaloufe.... Allez, je me charge du refte....

**NOURADIN.**

Je vous laiffe feule à regret....

**ZELMIRE.**

Je vous rejoins dans un moment.

( Il fort. )

---

# SCENE III.

**ZELMIRE,** *feule.*

**ARIETTE : Notée n°. 4.**

Toi que mon cœur adore,
Tendre Amour, je t'implore,
Viens dans mes yeux
Faire éclater tes feux.

Prête-moi tous les charmes
Dont tu fais briller la beauté ;
Si j'emprunte aujourd'hui le fecours de ces armes,
Non ce n'eft pas pour faire une infidélité.

Toi que mon cœur adore, &c.

**Je fuis femme, & je brûle de me venger**

du Cadi : il a prétendu me marier à sa fan-
taisie ... & moi, si je puis, je veux le marier à la mienne. On m'a dit en entrant,
qu'il alloit descendre... ( *Le Cadi paroît.* )
C'est lui sans doute que je vois ... con-
traignons-nous ... & ne négligeons rien
pour le faire donner dans le piége que je
vais lui tendre. ...

## SCENE IV.

### ZELMIRE *voilée* , LE CADI.

LE CADI, *à part , & sans voir Zelmire.*

MA foi Fatime n'a pas pris ma vengeance autant à cœur que je l'aurois crû ... mais elle est femme , & c'est
la cause de son sexe qu'elle a défendue.
( *Appercevant Zelmire voilée.* ) Oh ! oh !
voici quelque bonne aubaine peut-être...

ZELMIRE, *à demi-voix , & feignant
d'être embarrassée & timide.*
(*Elle salue le Cadi en portant une main sur son front,
& l'autre sur sa poitrine.*)
Peut-on, Monseigneur, vous demander
un moment d'entretien tête à tête....

### LE CADI.

Tête à tête … oui dà. (*A part.*) Elle m'intéreffe. (*Haut.*) Hola ! … (*A l'Efclave qui paroît.*) Qu'on nous laiffe feuls ici...

Air : *Nous fommes précepteurs d'Amour.*

Que me veux-tu , ma chere enfant ?
Et que puis-je pour ton fervice ?
Parle....

### ZELMIRE.

Je ne viens qu'en tremblant ,
Seigneur , vous demander juftice.

Air : *Bouchez Nayades , vos fontaines.*

Dans cette ville on vous renomme
Pour un fi parfait honnête homme....;

### LE CADI.

Point du tour .

### ZELMIRE.

Juge fcrupuleux ,
J'ai peur....

### LE CADI.

Ta crainte eft ridicule ;
Va`, va , ma chere , quand je veux ,
Je fçais arranger un fcrupule.

'Allons , allons ; leve ce voile importun: (*Il lui leve fon voile, & la confidere avec une furprife mêlée d'admiration.*) Que de graces ! … Oh !....

## *DUO.*

**ZELMIRE**, *au* **CADI**, *qui la regarde*
*tendrement.*

Qu'en dites-vous, Monseigneur ?
Suis-je laide à faire peur ?
Ce visage, cette taille
Méritent-ils qu'on s'en raille ?
Qu'en pensez-vous, Monseigneur,
Suis-je laide à faire peur ?

### LE CADI.

Qui ? Toi ?... Laide ? Non, d'honneur ,
Tout me charme en toi, mon cœur.

### ZELMIRE.

Considerez-moi bien :
Comment est mon maintien ?
Hem ?...

### LE CADI.

Bien.

### ZELMIRE.

Considerez-moi bien :
Ne me manque-t-il rien ?
Hem ?...

### LE CADI.

Rien.

### ZELMIRE.

Ai-je la démarche belle ? ...
La trouvez-vous naturelle ?
Hem ?...

### LE CADI.

Bien.

**ZELMIRE.**

Ce bras eft-il mignon ?
Peut-il être plus rond ?
Hom ?...

**LE CADI.**
Non.

**ENSEMBLE.**

| LE CADI. | ZELMIRE. |
|---|---|
| Ah ! ah ! finis , friponne... | Monfeigneur me pardonne |
| Je n'y puis plus tenir... | D'avoir ofé venir... |
| Je te trouve à ravir... | Ainfi l'entretenir... |
| Et je meurs de plaifir. | Il devroit m'en punir... |
| Finis … la raifon m'aban- | Ah ! que n'ai-je dans ma per- |
| donne ! ... | fonne |
| Pourquoi me faire ainfi fouf- | Ce qu'il faudoit pour l'atten- |
| frir ? ... | drir... |
| Dieux ! que d'appas ! ... | Mais ... mais ... hélas ! |
| Quel embarras ! ... | De mes appas |
| Ah ! mon cœur , mon  cœur | Qui pourroit jamais faire cas? |
| n'y tient pas. | |

**ZELMIRE.**

Voyez fi je fuis malheureufe !
Mon pere qui me trouve affreufe,
Dit par tout que je fuis ... boiteufe ,
Borgneffe , manchotte , hideufe.
Me trouvez-vous ces défauts-là ?

**LE CADI.**

Peut-on être plus mauvais pere ?
Ah ! fi j'en croyois ma colere ..
Mais , ma chere , laiffe - moi faire.
Je lui prouverai le contraire.
Je ne vois rien de tout cela.

ENSEMBLE.

| LE CADI. | ZELMIRE. |
|---|---|
| Ah ! ah ! finis, friponne, &c. | Monseigneur me pardonne , &c. |

ZELMIRE.

Vous saurez donc que je me nomme Ali ; que malgré le peu de beauté dont vous me trouvez pourvue, je vis tristement au fond d'une retraite isolée...

LE CADI.

La pauvre enfant !...

ZELMIRE.

Et sous le prétexte de mon effrayante laideur, mon pere refuse tous les partis qui se présentent pour moi.

LE CADI.

Il a donc perdu l'esprit, ton bon-homme de pere ?

ZELMIRE.

Hélas ! je n'espere qu'en vous ; & c'est par un grand hazard que j'ai pû m'échapper... Je l'ai vû sortir, & j'ai profité de ce moment pour venir me plaindre à vous de ses procédés.

LE CADI.

Par la moustache de tous nos Prophetes , tu n'auras point perdu tes pas.

ARIETTE: notée n°. 5.

Non, ma Reine,
Sois certaine
Que ta peine
Va finir.
Quel plaisir
Si la mienne
Pouvoit aussi t'attendrir,
Si tu comblois mon desir !
On te gêne !
Prends la chaîne
Que l'Amour
T'offre en ce jour :
Vois la flamme
Dont mon ame
Brûle pour toi sans retour.
Tu soupires,
Tu desires
De m'avoir pour ton époux ?
Cette attente
Qui m'enchante,
Fait mon espoir le plus doux.

Ah ! ma Reine,
Sois certaine , &c.

ZELMIRE, *à part.*

Je le tiens. Achevons. (*Haut.*) Vous êtes
trop bon, mais....

LE CADI.

Quoi ? Mais.... Je ne suis pas encore si
cassé ?... Qu'en dis-tu ?...

ZELMIRE.

**ZELMIRE.**

Je dis qu'il faudroit être bien dégoû-
tée ... pour...

**LE CADI.**

Vas, vas ; j'entends. Oui...

Air : *Quand le péril est agréable.*

Je vois ce que ton cœur désire :
Tu brûles de me rendre heureux.
(*A part.*)
Tout le monde n'a pas les yeux
De la fiere Zelmire.

**ZELMIRE.**

Que parlez-vous de Zelmire ? ...

**LE CADI.**

Oh ! ce n'est rien...passons.Eh ! dis-moi,
comment se nomme ton pere ?

**ZELMIRE.**

Omar le Teinturier ; & je suis sa fille.
unique.

**LE CADI.**

Teinturier ! ... Ah ! n'importe....

Air: *Nous sommes Précepteurs d'Amour.*

L'Amour rapproche les Etats :
L'Amant dont la flamme est extrême,
En formant des nœuds pleins d'appas,
Ne doit voir que l'objet qu'il aime.
Et où demeure-t-il ?

**ZELMIRE.**

Près de la grande Mosquée, à la porte
de la ville.

B

## LE CADI.

Bon. Tu peux t'en retourner, & avant qu'il foit une heure tu auras de mes nouvelles... Mais je fais une réflexion. Si tu reftois ici, cela feroit bien mieux.

### DUO. (*A part.*)

ZELMIRE. Refter chez vous!... Non, non. Je meurs
d'effroi.

LE CADI. Eh! pourquoi donc ne pas refter chez
moi?

ZELMIRE. Moi!...

LE CADI. Oui, vraiment toi.

ZELMIRE, *à part.* Je meurs d'effroi.

### ENSEMBLE.

| ZELMIRE, *à part.* | LE CADI. |
|---|---|
| O ciel! que lui dire? | Bon! bon! tu veux rire. |

LE CADI. D'où te vient ce trouble.

ZELMIRE. Ma frayeur redouble.

### ENSEMBLE.

| ZELMIRE. | LE CADI. |
|---|---|
| Non, non, fi je reftois, | Mais, mais, fi tu reftois, |
| Je m'en repentirois. | Le fauroit-on jamais? |

LE CADI. Tiens, paffe dans ce cabinet;
De-là tu pourras tout entendre.

ZELMIRE. Je ne fuis ici qu'en fecret.
(*A part.*)
Si mon pere... Quel parti prendre?

ENSEMBLE.

<table>
<tr><td>

**ZELMIRE.**

Je ne fuis ici qu'en fecret.
Si mon pere l'apprenoit ;
De tout il fe douteroit.
Il me gronderoit,
Il me frapperoit,
Et peut-être il me tueroit.

</td><td>

**LE CADI.**

Je te garderai le fecret.
Si ton pere l'apprenoit ,
Vas, vas, il t'approuveroit ;
Mais s'il te grondoit,
On l'appaiferoit...
Te frapper ... il n'oferoit.

</td></tr>
</table>

LE CADI.

Je ne veux point te gêner ... ce que j'en difois, c'étoit pour le bien de la chofe.

ZELMIRE.

Il vaut mieux , pour l'amener à ce que nous défirons, qu'il ne fe doute de rien.

LE CADI.

Soit , foit ... ta raifon eft bonne, & je te laiffe aller. Ça, ne perdons pas de tems : Holà, quelqu'un .....

----

# SCENE V.

## LE CADI, UN AGA.

(*L'Aga fait très-humblement le falut oriental en portant les deux mains à fon turban , & refte les deux bras croifés fur fa poitrine.*)

LE CADI.

PRENDS du monde! ... & fais conduire ici de gré ou de force le Teinturier Omar qui demeure à l'extrémité de la Ville.

### L'AGA.

Omar?... Oh! Je le connois : il vient
de paffer à l'inftant devant ce logis.

### LE CADI.

Cours donc promptement, & amene-le,
comme il fera. 　　　　　　*(L'Aga fort.)*

---

# SCENE VI.

### LE CADI, *feul.*

#### ARIETTE.

AH ! quel jour heureux pour moi !
L'Amour feul me fait la loi :
Oui, cher objet de ma flamme,
En m'uniffant avec toi,
Je vais vivre, fur mon ame,
Cent fois plus content qu'un Roi.

Mais ma femme ?... C'eft un Diable :
Que dira-t-elle à cela ?
Oh ! tout ce qu'elle voudra :
Si rien ne la rend traitable,
On la répudiera.

Ah ! quel jour, &c.

Oui, mon parti eft pris : fi Fatime ne
veut point fouffrir une nouvelle Compa-
gne, elle ira chercher fortune ailleurs.

# SCENE VII.

## LE CADI, OMAR, L'AGA,
*suite de l'Aga entraînant OMAR
qui refuse d'entrer.*

### TRIO.

L'AGA. **E**NTREZ donc.

OMAR. Non, non, non.

L'AGA. { Entrez, allons ;
{ Que de façons !

| LE CADI. | OMAR. |
|---|---|
| Allons, point de caprice ; | Mais, mais, par quel caprice |
| Il faut qu'on obéisse. | Faut-il que j'obéisse ? |

### OMAR.

Laissez-moi m'en aller.
Qu'ai-je à démêler
Avec la justice ?

### ENSEMBLE.

| LE CADI. | OMAR. | L'AGA. |
|---|---|---|
| Laissez-là ce garçon. | Non, non, je n'irai pas, non, non : | Allons, marche, garçon. |
| Les discours sont hors de saison ; | Ah ! Monseigneur, pardon, pardon : | Les discours sont hors de saison ; |
| Je vais le mettre à la raison. | Non, non ; c'est une trahison. | On va te mettre à la raison. |

B iij

OMAR.

Ah ! Monseigneur : je vois bien que c'eſt un tour de ma coquine de Femme ; mais tout ce qu'elle a pû vous dire eſt faux.

LE CADI, *à la ſuite de l'Aga.*

Sortez, vous autres… ( *à l'Aga.* ) Toi, ( *Il lui parle un moment à l'oreille, aprés quoi, il lui dit tout haut* ) vas, & dès que le Contrat ſera prêt, apporte-le moi.

( *L'Aga ſort.* )

---

# SCENE VIII.

## LE CADI, OMAR.

LE CADI, *à Omar.*

Leve-toi : on ne te fera point de mal,

OMAR, *d'un air inquiet.*

Air : *D'ſu l'Port, &c.*

Demandez à tout le quartier
Comme j'exerce mon métier ?

LE CADI.

Aiſément cela ſe peut croire.

OMAR.

Il eſt vrai que dans ma maiſon ;
Quand ma femme fait le Démon ;

'Ah ! Dam' la patience échappe, & pour la ramener par la douceur,

A coups d'pieds, à coups d'poings,
J'l'y frotte la gueule & la machoire.

### LE CADI.

Cette douceur-là est un peu vive ; mais je veux... te parler... de...

### OMAR.

A cela près, personne ne peut me reprocher que ... vous allez voir comme je me gouverne....

### LE CADI.

Eh ! Non, non, je n'ai pas besoin de savoir....

### OMAR.

Oh ! Pardonnez-moi... Ecoutez, écoutez....

#### ARIETTE.

Entre ma femme & la table,
Je partage mes plaisirs.
Lorsque l'une est peu traitable,
Et s'oppose à mes désirs,
L'autre adoucit mon chagrin,
Et rend heureux mon destin.

Chaque jour m'offre de nouveaux charmes,
Le passé n'est rien pour moi ;
L'avenir causeroit trop d'allarmes,
Le présent seul fait ma loi.

On vit content, & tout convient,
Quand on prend le tems comme il vient.

Mon cœur qui ne veut que jouir,
De tout s'accommode ;
Toujours choifir
Le vrai plaifir,
Voilà ma méthode.

LE CADI.

C'eft bien dit:... mais il n'eft pas quef-
tion de cela....

OMAR, *d'un air inquiet.*

Comment donc ?....

LE CADI.

Tu as une Fille, n'eft-ce pas ?

OMAR, *en pleurant.*

Hélas ! Oui Monfeigneur.... à mon
grand regret....

LE CADI.

Je ne veux pas te chagriner ; au contraire. (*Bas.*) Nous y voilà. (*Haut.*) J'ai à te
propofer un affez bon parti pour elle...
mais pour être plus à notre aife ....(*Il
lui prefente un fauteuil.*) tiens....prends
ce fiége & mets-toi là.

OMAR.

Ah ! ah ! Monfeigneur , le refpect.....
( *Omar fait quelques lazzis pour s'affeoir.* )

LE CADI, *impatienté.*

Fais ce que je t'ordonne , & écoute-
moi.

### DUO.

## LE CADI.

Je veux former de noûveaux nœuds,
Et ta fille eft l'objet heureux
Sur qui l'Amour fixe mes yeux ;
Il faut l'accorder à mes feux.

OMAR, *fe levant, & croyant que le Cadi*
*fe moque de lui.*

Vous vous moquez .... mais Monfeigneur...
Vous plaifantez ... c'eft trop d'honneur...
La pauvre innocente
Eft bien votre fervante.
Elle eft ... impotente...
Elle eft ... rebutante ;
C'eft une horreur,
Elle vous feroit peur.

LE CADI, *fouriant.*

Je m'attendois bien , mon ami ,
Que tu me la peindrois ainfi.
Tant mieux ... il n'importe,
Je l'aime de la forte.
*(Contrefaifant Omar.)*
Elle eft ... impotente ? ...
Elle eft rebutante ? ...
Et moi je la veux ainfi ,
N'en prends aucun fouci.

OMAR.

Non , non , vous m'éprouvez en vain.

LE CADI.

Quoi ! tu me refufes fa main ?

### ENSEMBLE.

<table>
<tr><td>OMAR.</td><td>LE CADI.</td></tr>
<tr><td>Si je vous accordois sa main,<br>Vous m'en puniriez dès demain.</td><td>Quoi ! Tu me refuses sa main !<br>On ne m'offense pas en vain.</td></tr>
</table>

### OMAR.

Non, je ne veux point vous trahir.

### LE CADI, *s'impatientant.*

Mais je sçais à quoi m'en tenir.

### OMAR.

Non, non, ce seroit vous trahir,
Je ne dois point y consentir.

### ENSEMBLE.

<table>
<tr><td>OMAR.</td><td>LE CADI.</td></tr>
<tr><td>Bon ! j'en suis certain, je le voi....<br>Vous voulez vous moquer de moi.</td><td>Obéis au plutôt, crois moi....<br>Oui, je veux lui donner ma foi....</td></tr>
</table>

### LE CADI.

Quel homme pour être entêté !

### OMAR.

Je vous ai dit la vérité....

### LE CADI.

Peut-on être plus entêté ?

### OMAR.

Oh ! c'est la pure vérité.
*(En pleurant.)*
La pauvre créature
Est un monstre en peinture :

Et rien dans la nature
N'égale sa difformité.

### LE CADI.

Voilà, sur ma parole,
Un impertinent drôle.
Peut-on jouer son rôle
Avec plus de malignité.

### ENSEMBLE.

| OMAR. | LE CADI. |
|---|---|
| Mais ... je fais que ma fille en tout... | Paix ... Veux-tu me pousser à bout ? |
| Ne peut inspirer que dégoût... | Je te dis qu'elle est de mon goût. |

### LE CADI.

Paix....

### OMAR.

Mais....

### ENSEMBLE.

| OMAR. | LE CADI. |
|---|---|
| Votre volonté fait ma loi, | Ne crois point me donner la loi : |
| J'obéirai ... mais sur ma foi, *(En faisant de grandes révérences.)* | J'exige ta fille de toi. |
| C'est malgré moi, C'est malgré moi. | Obéis-moi, Obéis-moi. |

### OMAR, *à part.*

Il extravague .... ou quelqu'un a voulu
rire à ses dépens ...., demandons-lui une
grosse dote, cela le dégoûtera peut-être....

### LE CADI.

Que marmotes - tu donc là entre tes
dents?....

**OMAR.**

Oh! rien , rien.... Si bien donc, Seigneur Cadi, que ma Fille vous plaît,...
& que vous la voulez... telle qu'elle eſt.

**LE CADI.**

Oui , telle qu'elle eſt ....

**OMAR.**

Soit.... Je vous l'accorde....

**LE CADI.**

Ah ! Je ſuis ravi de te voir plus raiſonnable.

**OMAR.**

Oui.... ſoit... mais je ne peux pas (là , en conſcience) la donner à moins d'une dot de mille ſequins....

**LE CADI.**

Air : *Ronde de Platée.*

Ouf ..., à ce prix je choiſirois
　Entre les plus belles filles....
Je ne dois pas te les refuſer ... mais
　C'eſt bien vendre ſes coquilles.

**OMAR,** *au Cadi qui réfléchit.*

Dam'... oui ou non, voyez.... c'eſt à prendre ou à laiſſer.

**LE CADI.**

Et ſi je te les donnois.....

**OMAR.**

Oh! que non , Monſeigneur, vous n'en ferez rien.....

LE CADI, *tirant une bourſe d'un tiroir*
*de ſon bureau.*

Tiens..... les voilà : ( *A part.* ) quel
Arabe que cet Omar !

OMAR.

Grand - merci.... maintenant, avant
que l'Iman y mette la derniere main ,
vous ſavez encore qu'il faut qu'un Contrat en bonne forme... ( *A part, en riant.* )
C'eſt ici où je l'attends.

LE CADI, *en riant.*

Patience , patience : j'avois donné d'a-
vance ordre.... & le voilà qu'on m'ap-
porte à ſigner.

( *Le Cadi s'aſſied à ſon Bureau , & ſigne.* )

OMAR *à part , pendant qu'il ſigne.*

Il ne ſignera pas. ....Il ſigne !.. Oh !
par ma foi, je ne l'eſpérois guères. Il eſt
donc devenu fou ! Profitons de ſa ſottiſe....

LE CADI, *lui remettant le Contrat.*

Es-tu content ?...

OMAR.

Oh ! très-content....

Air : Noté

Soyez , ſoyez ſon Epoux ,
Maintenant elle eſt à vous.
Faites lui bien les yeux doux.
Oui , je me rends

A vos préfens.
J'y confens,
Soyez mon gendre.

Mais en voyant ce tendron ;
Que l'objet vous plaife ou non ;
N'allez pas changer de ton.
Belle, ou laidron,
Sotte ou guenon,
Sans façon
Il faut la prendre.

LE CADI.

Ne t'inquiette de rien : c'eft mon af-
faire.

OMAR.

Je vais donc chercher la Mariée....
(*Il rit.*) Ah, ah, ah....

(*Il revient fur fes pas, & dit à
l'oreille du Cadi.*)

Si pourtant ma Fille n'avoit pas le bonheur de vous plaire.... pour vous obli-
ger.... je reprendrois bien la marchan-
dife.... Mais je ne rends rien....je vous
en avertis....                    (*Il fort.*)

LE CADI.

Eh ! Vas promptement, & ne différe
point mes plaifirs. Allons donner des or-
dres, & tout préparer pour recevoir con-
venablement ma nouvelle Conquête.

(*Il fort.*)

# SCENE IX.

FATIME, *seule, un billet à la main. Elle a en-*
*tendu les dernieres paroles du Cadi.*

IL me fuit !... ce que je viens d'entendre... ce que j'apprends, n'eſt donc que
trop vrai !

*( Elle jette les yeux ſur le Billet &*
*lit les derniers mots. )*

» Et ſi vous n'y mettez ordre , il eſt prêt à vous
» répudier.

L'Infidele !... il me feroit cet affront !
Il ne compte pas ſans doute que je l'en-
durerai patiemment !...

Air : Noté, n°. 6.

Ah ! que le ſort d'une femme eſt à plaindre !
Ah ! que les hommes ſont trompeurs !
Sont-ils amans ? Ils ſavent ſe contraindre ,
On croit former les nœuds les plus flatteurs.

Si les femmes étoient plus fines ,
Qu'elles s'épargneroient de pleurs ?

L'Amour voltige ſur les fleurs ,
L'Hymen marche ſur les épines.

Ah ! que les hommes ſont trompeurs !
Ah ! que les hommes ſont trompeurs !

Il revient .... feignons.

# SCENE X.

## LE CADI, FATIME.

### LE CADI *à part, en entrant.*

TOUT est arrangé … & je n'attends plus … Ma Femme !… ô Ciel !… quel contre-tems !… que vient-elle faire ici ?

### FATIME.

*Air : J'ai rêvé toute la nuit.*

Ah ! rassurez mon esprit ;
Si j'en crois ce que l'on dit,
Je vais perdre votre cœur,
Un nouvel Objet en est le vainqueur.
En dissipant mon erreur,
Vous me rendrez mon bonheur.

### LE CADI, *s'asseyant à son bureau.*

Voilà comme vous êtes toujours avec vos soupçons jaloux ! eh ! bien, après tout, ne suis-je pas le maître ? Voyons, quand cela seroit ?…

### FATIME.

Comment ! double traître : quand cela seroit !…

*DUO.*

### DUO.

**FATIME.**

Vas,
Crois-moi, n'acheve pas :
Ingrat, tu cesses donc de feindre ?

**LE CADI**, *ironiquement.*

Qu'avez-vous à craindre ?
Vous êtes fort à plaindre.

**FATIME.**

Peux-tu me traiter ainsi ?

**LE CADI**, *se levant de son bureau.*

Je suis, je suis maître ici.

### ENSEMBLE.

| **FATIME.** | **LE CADI.** |
|---|---|
| Perfide ! cœur volage ! | Quel tapage ! |
| Pour jamais le mien se dé-gage. | Soyez sage : ... |
| Parjure ! ... quel outrage ! | Quel orage ! |
| Je n'écoute plus que ma rage. | Oh ! j'enrage... |
| | |
| Ah ! j'aurai raison | Baissez le ton ; |
| De cette trahison ; | Mais c'est un vrai Démon ; |
| Ou dans ta maison | Calmez vous donc, |
| Je ferai carillon. | Mais c'est un vrai Démon. |
| | |
| Suis ton penchant léger ; | Quoi ! sans être léger, |
| Ton cœur peut se partager : | Ne peut-on se partager ? ... |
| Oui, tu peux m'outrager, | Qui veut vous outrager ? ... |
| Je sçaurai bien m'en venger. | Oh ! vous pouvez vous ven-ger.... |

**FATIME.**

Deux têtes dans un bonnet !...
Ah ! voyez le bel effet...!

C

**LE CADI.**

Deux têtes dans un bonnet !
Eh ! mais si cela me plaît…

**ENSEMBLE.**

| **FATIME.** | **LE CADI.** |
|---|---|
| Perfide!cœur volage!&c. | Quel tapage ! &c. |

**LE CADI**, *se remettant à son bureau.*

Ma chère moitié, croyez - moi, filez doux, ou je prendrois un parti qui pourroit bien n'arranger que moi seul…

**FATIME.**

Oui !… tu abuses donc de ma complaisance & de ma tendresse !… Eh ! bien, traître, je ne changerai donc point de façon de penser…. Je vais attendre ici ta nouvelle conquête, & après lui avoir reproché de m'enlever ton cœur.…. ton cœur que je regrette encore… tout perfide.… tout inconstant qu'il est… je veux l'étrangler à tes yeux.

**LE CADI.**

Mais, mais, voilà une méchante créature !…

**FATIME.**

N'as-tu pas de honte, dis-moi, de vouloir, à ton âge, faire encore le jeune homme….

LE CADI.

Oh ! c'en eſt trop, puiſque rien ne peut
te mettre à la raiſon, je vais chercher ta
dot; emporte ton trouſſeau, une fois, deux
fois … trois fois … je te .... Mais qu'en-
tends-je ?...

(*Une ſymphonie comique annonce
l'arrivée d'ALI.*)

## SCENE XI.

### LE CADI, FATIME, OMAR, ALI;
*NOURADIN & ZELMIRE paroiſſent dans
le fond du Théâtre avec l'Eſclave.*

(*Un crocheteur conduit la fille d'OMAR dans une
brouette. ALI doit être vêtue comiquement,
& couverte d'un voile de taffetas verd.*)

OMAR, *au crocheteur.*

AVANCEZ, (*au Cadi*) voici la Mariée
que l'on conduit ici. ....

FATIME, *d'un air de dépit & de mépris.*
Où donc ?.......

LE CADI.
Te moques-tu ? Je ne la vois pas....

OMAR.
Levez ce voile......

LE CADI, *reculant en arriere.*

O Ciel !......

FATIME, *riant.*

Ah ! l'horreur....... Ah ! ah ! .......

OMAR.

Nous l'avons pourtant arrangée de notre mieux.....

ALI, *balbutiant.*

Eh ! bien,.. qu'eſt-ce ? Vous voilà tous
ébobis... oh ! Dame, on n'eſt point faite
comme moi impunément....

(*Elle fait des mines.*)

Air : *Paris eſt au Roi.*

Regardez ces traits,
Nobles & parfaits,
Trouvera-t-on jamais
De pareils attraits ?
J'ai l'air gracieux,
Et d'aſſez beaux yeux, ...
Du plus loin qu'on me voit,
On me montre au doigt.

Ma figure,
Ma parure,
Tout n'eſt-il pas fait pour moi;
Port de Reine,
Ah ! ſans peine
Je ferois, ma foi,
Un morceau de Roi.

Regardez ces traits, &c.

Mais de grace, approchez,
Voyez ces airs penchés ;
Aux plus fiéres je ferois la nique ;
Je me pique
D'être unique ;
Je fuis un bijou
Dont vous ferez fou.

Regardez ces traits, &c.

### FATIME.

Quoi ! c'eft pour cette ridicule & laide guenon-là que tu me quittes ?....

### ALI.

Guenon !.... moi !... Guenon !....

### LE CADI.

Mais, qu'eft-ce que tout cela veut donc dire ?....

### OMAR.

Cela veut dire que je favois bien que vous ne feriez pas content ; je vous ai prévenu.... & c'eft votre faute fi....

### LE CADI.

Encore malheureux ! ...

Air :

Comment ofes-tu te moquer d'un Cadi ?
Ne devrois-je pas t'avoir déjà puni !,
Finis, crois-moi,
Ou fur ma foi,
Je me vengerois de toi.

Ne t'expose pas à mon ressentiment.
Point d'entêtement :
Si je n'ai sur le champ
L'Objet charmant
Qui me plaît tant,
Je te fais pendre à l'instant.

### OMAR.

Mais vous l'avez voulu : je n'ai point d'autre Fille....

### A L I, *se remuant dans sa brouette.*

Pendre son beau-pere .... mais, mais, mais, quel homme !... Eh ! que me fera-t-il donc, à moi ?....

### FATIME.

Mais on ne vous trompe point, & je sçais qu'Omar n'a pas d'autre Fille que ce petit monstre-là....

### ALI.

Un Monstre !... un Monstre !... Ah ! qu'on me remene...., je n'y tiens pas....

### LE CADI, *d'un air rêveur.*

Il est pourtant venu tout-à-l'heure ici une jeune personne qui....

### FATIME.

Oui, qui s'est moquée de vous. Je voudrois bien que ce fût Zelmire !

## SCENE XII.

### ZELMIRE *voilée*, NOURADIN, *& les Acteurs précédens.*

#### ZELMIRE, *se dévoilant.*

LA reconnoissez-vous, Seigneur Cadi, cette jeune personne ?....

#### LE CADI, *voulant embrasser Zelmire.*

Ah ! te voilà... que je suis aise !...

#### NOURADIN.

Doucement, Seigneur, cette préten-due Fille d'Omar est Zelmire : celle même que vous m'avez donnée pour Epouse ; & dont, sans le vouloir, vous avez fait le bonheur en la mariant au Fils d'un homme connu, & chéri d'elle & de sa famille....

#### FATIME.

Ah ! j'en suis enchantée.... embrasse-moi, ma chere Amie.

#### ALI.

Encore une Rivale ! ... Ah ! doucement, il faut qu'on m'épouse, il faut qu'on m'é-pouse, moi, auparavant.....

LE CADI, *à part.*

Je suis pris pour dupe, & je le mérite
bien.

ZELMIRE.

Air : *Et j'y pris bien du plaisir.*

Par votre propre artifice
Vous voilà bien confondu ;
Mais, dans la bonne justice,
Ce n'est qu'un prêté-rendu.
Or, voici tout mon système :
Quand on veut tendre un filet,
Il faut craindre pour soi-même
D'être pris au trébuchet.

LE CADI.

N'en parlons plus, n'en parlons plus.

(*A OMAR.*)

Air : *Ces Filles sont si sottes, ou des Fleurs
de Réthorique.*

Toi, remporte ton paquet.

ALI.

Adieu donc, mon cher Poulet.
    Si pour moi, tout net
    Il vous reprenoit
    Quelque petit caprice,
Je suis encor, malgré cela,
    Fort à votre service,
        Lon, la,
    Fort à votre service.

Bon soir, la Compagnie....

(*Elle sort.*)

OMAR.

Vous n'exigez pas, sans doute, que je vous rende....

LE CADI.

Non, non ; tiens, au contraire, voilà pour payer ta discrétion , sur laquelle je compte : garde cet argent, & sur-tout ton effroyable Fille que je répudie une fois, deux fois, trois fois, & plûtôt un million de fois , s'il le faut....

OMAR.

Grand-merci....          (*Il sort.*)

---

# SCENE DERNIERE.

## LE CADI, FATIME, ZELMIRE, NOURADIN.

NOURADIN.

SANS rancune, Seigneur Cadi...

ZELMIRE.

Vous ne m'en voulez plus, sans doute ?

LE CADI.

Non, si vous me gardez le secret sur tout ceci, & pourvû que cette aventure ne m'ait point fait perdre le cœur de ma chere Fatime.

FATIME.

Tu le mériterois bien, traître : mais
les femmes font trop bonnes.....

Air : *De néceſſité néceſſitante.*

C'eſt ainſi, toutes tant que nous ſommes,
Que notre bonté gâte les hommes.
A leurs loix nous ſerions moins ſoumiſes,
Si nous leur paſſions moins de ſottiſes.

LE CADI.

Allons, allons, ne ſongeons plus à tout
cela, ſoyons amis, réjouiſſons-nous :
(*A Zelmire & à Nouradin*) je ne veux plus
que vous nous quittiez, & je vais tra-
vailler à réparer tout le mal que j'ai voulu
vous faire.

QUATUOR.

ENSEMBLE.

Jouiſſons déſormais, ſans partage,
Du bonheur que l'on goûte en ménage.
Rions, chantons ; banniſſons les ſoupirs,
Et n'écoutons que la voix des plaiſirs.

LE CADI & NOURADIN.

Si quelquefois dans un beau jour,
L'Hymen excite quelqu'orage,

FATIME & ZELMIRE.

Bien-tôt le flambeau de l'Amour
Brille, & diſſipe le nuage.

ENSEMBLE.

Jouiſſons, &c.

N° 1. Amorofo.
VOus qu'Amour brûle de ses feux, Trouvez
vous que vos Belles Soient fié-res & cru-
el- les, Vous qu'Amour brûle de ses
feux, Trouvez-vous que vos Belles Soient
fié- res & cru- elles : A- mans, formez de
nouveaux nœuds, A-mans, formez de nouveaux
FIN.
nœuds : En vain, pour mieux tri- ompher

d'el- les, Comptez-vous leur refter fi- deles,

En vain vos vœux fe-ront conf-tans, Elles ri-

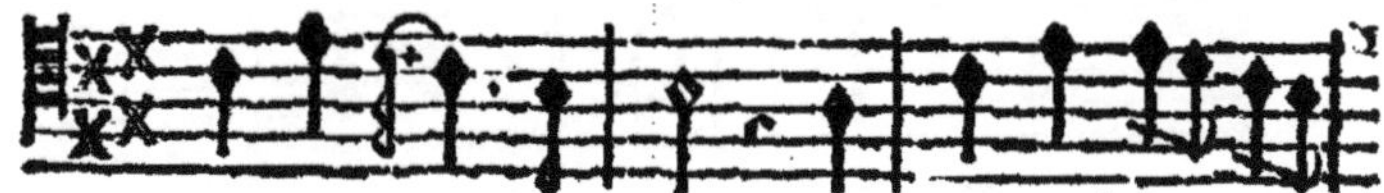
ront de vos tourments; A des Beautés ré-

belles Il faut de vo- la-ges a- mans. Vous, &c.

N° 2. *Amorofo.*

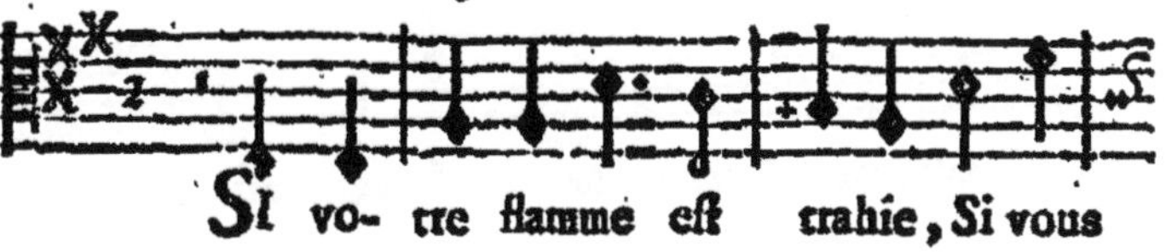
SI vo- tre flamme eft trahie, Si vous

dé- daignez mes feux, De la chaîne qui nous

li- e, Brifez, bri-fez les beaux nœuds.

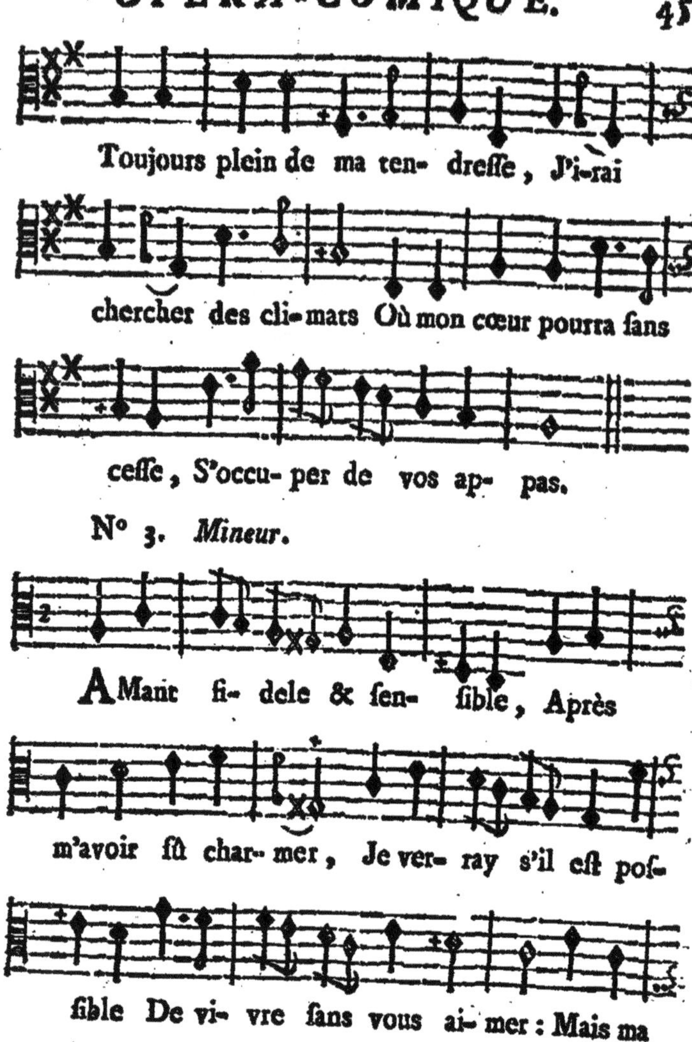
Toujours plein de ma ten- dreffe, J'i-rai
chercher des cli-mats Où mon cœur pourra fans
ceffe, S'occu-per de vos ap- pas.

### Nº 3. *Mineur.*

A Mant fi- dele & fen- fible, Après
m'avoir fû char- mer, Je ver- ray s'il eft pof-
fible De vi- vre fans vous ai- mer: Mais ma
flamme eft votre ou- vra- ge, Mon cœur per- cé

de vos traits; Eſt trop plein de votre i - mage,

Pour vous ou - bli - er ja - mais.

**Nº 6. *Andante.***

AH! que le ſort d'une femme eſt à

plaindre! Ah! que les hommes ſont trom - peurs!

Sont ils a - mants : ils ſça - vent ſe con - traindre,

On croit for - mer les nœuds les plus flat - teurs.

Si les femmes étoient plus fi - nes, Qu'elles s'é

pargneroient de pleurs! L'Amour vol- ti- ge
sur les fleurs; L'Hymen marche sur les é-
pi- nes. Ah! que les hommes sont trompeurs!
Ah! que les hommes sont trompeurs!
N° 4. Andante largo.
TOi que mon cœur a- do- re, Tendre A-
mour, je t'im- plo- re, Viens dans mes
yeux Faire é- cla- ter tes feux. Toi que mon

cœur a- do- re, Tendre A- mour, je t'im-
plo- re, Viens dans mes yeux Faire é- cla- ter tes
FIN.
feux. Prête- moi tous les charmes Dont tu
fais briller la beau-té: Si j'emprunte aujour-
d'hui le secours de ses ar- mes, Non
ce n'est pas pour faire une in- fi- dé- li-
té. Toi que mon cœur a- dore, &c.

**ZELMIRE.**      *A I R.*

**NOURADIN.**



D

Pour mieux fentir mon bon-heur ! Tout promet à

mon ardeur L'a-venir le plus flatteur ; Que

n'ai-je encore u-ne a-me, Pour mieux fentir mon bon-

### ENSEMBLE.

Eft-il un def- tin plus doux ? Le nœud
heur. Eft- il un def- tin plus doux ? Le nœud

qui m'u- nit à vous, Fait le bonheur fu-
qui m'u- nit à vous, Fait le bonheur fu-

prême D'un cœur qui vous ai- mé;
prême D'un cœur qui vous ai- me;

No-tre fort n'a rien d'affreux; Ah ! quand on ché-
Notre fort n'a rien d'affreux;Ah ! quand on ché-

rit fes nœuds , L'Amour prend foin lui-même
rit fes nœuds , L'Amour prend foin lui- même

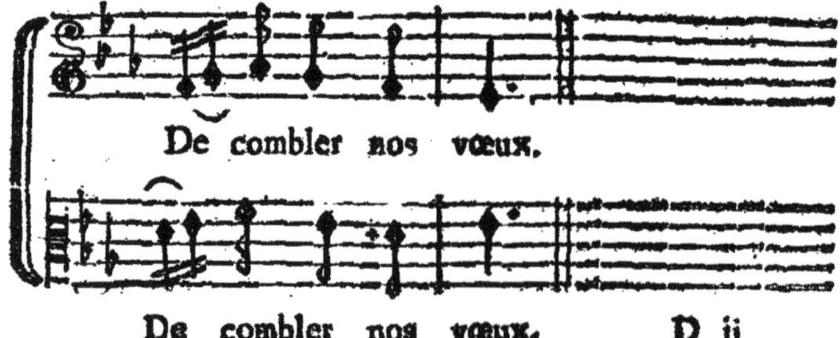
De combler nos vœux.
De combler nos vœux.            D ij

**ZELMIRE.      ROMANCE.**

ALLEGRO.

D iij

toi sans re- tour. Tu sou- pires,
Tu dé- si-res De m'a- voir pour ton é-
poux; Cette at- tente, Qui m'en- chante,
Fait mon es- poir le plus doux,
Ah! ma &c.
Presto.
AH! quel jour heu-reux pour moi! L'A-
mour seul me fait la loi. Oui, cher objet

de ma flamme, En m'u- nif- fant a- vec
toi, Je vais vi-vre, fur mon a- me,
Cent fois plus content qu'un Roi; Je
vais vivre, fur mon ame, Cent fois plus content qu'un Roi; Je vais vivre, fur mon
a-me, Cent fois plus content qu'un Roi.
Ah! quel jour heureux pour moi! L'A-

mour seul me fait la loi. Oui cher objet
de ma flamme, En m'u- niffant a- vec
toi, Je vais vivre, fur mon a- me, Cent fois
plus content qu'un Roi; Je vais vivre,
fur mon a-me, Cent fois plus content qu'an

Roi; Je vais vi- vre, fur mon a- me,
Cent fois plus content qu'un Roi; Je

vais vivre, fur mon ame, Cent fois plus con-
tent qu'un Roi; Je- vais vi- vre, fur mon
a- me, Cent fois plus con-tent qu'un Roi; Je
vais vivre, fur mon ame, Cent fois plus content qu'un Roi; Je vais vivre, fur mon
FIN.
ame, Cent fois plus con-tent qu'un Roi.
Mais ma Femme! c'eft un diable. Que

dira-t-elle à ce-la? Que dira-t-elle à ce-
la? Oh! oh! tout ce qu'elle vou-dra.
Oh! oh! tout ce qu'elle vou-dra.
Si rien ne la rend trai-table, Si rien ne
la rend trai-table, On la ré-pu-die-
ra, On la re-pudie-ra. Ah! quel.
Allegro moderato.
ENtre ma femme & la table, Je par-

tage mes plai- firs. Lorfque l'une eft peu trai-
table, Et s'op-po-fe à mes de- firs, L'autre a-dou- cit mon cha-grin, Et rend heureux mon def- tin, Chaque jour m'offre de nouveaux charmes; Le paf- fé n'eft
rien pour moi; L'ave- nir me
caufe peu d'al- larmes; Le pré- fent feul

fait ma loi. On vit con- tent ,
& tout con- vient, Quand on prend le
tems comme il vient. Mon cœur qui ne veut
que jou- ir , De tout s'accom- mo- de. Toujours choifir Le vrai plaifir, Voilà ma metho- de.
Allegro.
SOyez , fo- yez fon É-poux; Maintenant elle eft à vous. Fai- tes - lui bien

les yeux doux. Oui, je me rends A vos pré-

fents; J'y confens, Soyez mon Gen- dre. Mais

en vo- yant ce ten-dron, Que l'ob- jet vous

plaife ou non, N'allez pas changer de

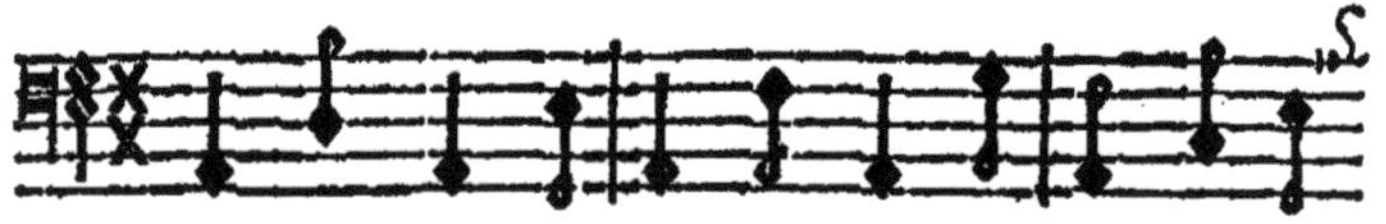
ton. Belle ou laidron, Sotte ou guenon, Sans fa-

çon, il faut la pren- dre.

Andante.

AH! que le fort d'une femme eft à plaindre!

Ah ! que les hommes sont trompeurs ! Ah ! que les

hommes font trompeurs !
Allegro.
REgardez ces traits Nobles & parfaits. Trouve-ra-t-on ja-mais De pareils attraits ? J'ai l'air gra-ci- eux; Et d'af-fez beaux
yeux; Du plus loin qu'on me-voit On me montre au-
FIN.
doigt. Ma fi- gu-re, Ma pa- ru- re,
Tout n'eft- il pas fait pour moi ? Port de

# FIN.

## APPROBATION.

J'Ai lû par ordre de Monfeigneur le Chancelier, le *Cadi dupé*, *Opera-Comique*, & je crois que l'on peut en permettre l'impreffion. A Paris ce 20 Février 1761.
### CRÉBILLON.

Le Privilége, & l'Enrégiftrement fe trouvent à la fin du Tome 3e. du Nouveau Recueil des Piéces repréfentées fur le théâtre de l'Opera-Comique depuis fon rétabliffement, &c.